W9-BJR-442

...Con una pequeña ayuda de mis amigos y amigas.
Para Geoff, Sue, Abby, Hannah, Nick y Polly, con amor.

Título original: *Five Minute's Peace*

Colección **libros para soñar**®

Copyright © 1986 Jill Murphy
Publicado con el acuerdo de Walker Books Limited, London SE11 5HJ
© de la traducción: Sandra Senra Gómez y Óscar Senra Gómez, 2016
© de esta edición: Kalandraka Editora, 2016
Rúa de Pastor Díaz, n.º 1, 4.º A – 36001 Pontevedra
Tel.: 986 860 276
editora@kalandraka.com
www.kalandraka.com

Impreso en China
Primera edición: septiembre, 2016
ISBN: 978-84-8464-240-4
DL: PO 227-2016

Cinco minutos de paz

Jill Murphy

kalandraka

Los niños estaban desayunando
y aquello no era un espectáculo agradable.

Mamá Grande cogió una bandeja del armario
y puso en ella una tetera, una jarrita con leche,
su taza favorita, un plato de tostadas con mermelada
y un pastelito que había sobrado del día anterior.
Metió el periódico en el bolsillo y se fue hacia la puerta.

—¿Mamá, adónde vas con esa bandeja? —le preguntó Laura.

—Al baño.

—¿Por qué? —quisieron saber los otros dos.

—Porque necesito cinco minutos de paz sin vosotros, por eso.

—¿Podemos ir? —dijo Lester mientras
la perseguían subiendo las escaleras.

—No, no podéis. Id a jugar abajo.
Y vigilad al bebé.

—No soy un bebé —murmuró el más pequeño.

Mamá Grande llenó la bañera de agua calentita.

Vació medio bote de espuma de baño en el agua,

se puso el gorro y se metió dentro.

Se sirvió una taza de té y se tumbó con los ojos cerrados.

Era el paraíso.

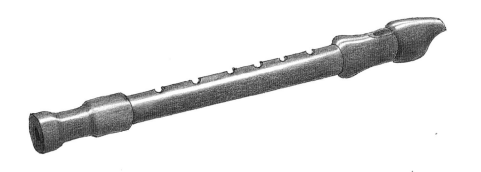

Pero entonces...

—¿Quieres escuchar mi canción? —le preguntó Lester.

—¡Ahora no!

—He estado ensayando. Tú me dijiste que lo hiciera.
 ¿Puedo? Por favor, solo un minuto.

—Venga, toca —suspiró Mamá Grande.

Lester tocó «Los pollitos dicen» tres veces y media.

Luego entró Laura y preguntó:

–¿Puedo leerte una página de mi libro de lectura?

–No, Laura, marchaos todos para abajo.

–A Lester le dejaste tocar, lo escuché. Lo prefieres a él, no es justo.

–No seas tonta, Laura. Venga, lee, pero solo una página.

Laura leyó cuatro páginas y media de *Caperucita Roja*.

Y después entró el pequeño con un montón de juguetes.

–¡Para ti! –dijo sonriendo mientras los lanzaba
todos dentro de la bañera.

–Gracias, cariño –respondió Mamá Grande
con la voz apagada.

—¿Puedo ver los dibujos del periódico? —le preguntó Laura.

—¿Puedo comer de tu pastel? —le preguntó Lester.

—¿Puedo meterme en la bañera contigo? —le preguntó el pequeño.

Mamá Grande suspiró.

Al final todos se metieron en la bañera.
El más pequeño tenía tanta prisa que olvidó
quitarse el pijama.

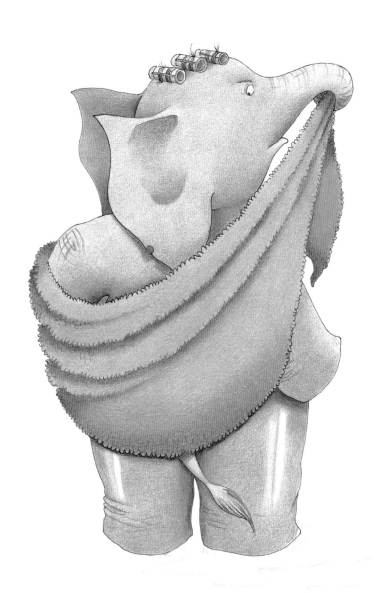

Mamá Grande salió, se secó,
se puso la bata y se dirigió a la puerta.

–¿Mamá, adónde vas ahora?
  –le preguntó Laura.

–A la cocina.

–¿Por qué? –le preguntó Lester.

–Porque necesito cinco minutos de paz
  sin vosotros. Por eso.

Y se fue escaleras abajo, donde
tuvo tres minutos y cuarenta y cinco
segundos de paz antes de que
todos volvieran junto a ella.